東京ラプソディー

斎藤紘二詩集

土曜美術社出版販売

詩集　東京ラプソディー＊目次

詩集　東京ラプソディー

I

東京ラプソディー

メルカトル世界地図の
ユーラシア大陸のはずれに
いまにも地図からずり落ちそうにして
極東の縁《へり》にしがみついている島がある
そう　黄金の島ジパングだ
英語で言えばジャパンとなるが
いかにも太平洋にジャポンと
落ちそうな響きではある

そのジャパンの首都・東京に
四年にいちどの祭りがやってくる
ブエノスアイレスから世界に発信された
フェイク宣言が功を奏して
スポーツには決してあるまじき（ＩＯＣも恥を知れ）
じつにアンフェアなやり方で
みごとに世界をあざむいたのだ
そうだよ　忘れもしないあのころし文句

福島の状況は統御《アンダーコントロール》されています
東京にはいかなる影響もありません

あのとき統御されたのは　じつは
日本のメディアと国民であったろう

晋三は盟友トランプよりも遥かに早く
フェイク・ニュースを世界に発信していたのだ
（おお　フェイクの先達　安倍晋三！）

晋三お主もなかなかやるのう
心臓に毛が生えているのかしらん　トランプが言い
おかげであれが誘致の切り札《トランプ》になりましたよ　晋三が応える

確かに　政《まつりごと》は祭りごとのことだから
政治が祭りを決めることはあるだろう
だからと言って大嘘をついて
ごり押しで決めていいものではない
決めればそれはまさにファッショというものだ
ファッショが時代のファッションになったらおしまいなのだ

それにしても
福島の状況は統御されていますと言いくるめ
震災からの復興五輪だとのたまうあの男の
口の中からちらちらのぞく舌（ああ何とも下卑た舌よ）
男の舌は本当に一枚だけなのかと
テレビの画面にくっついて調べてみる
ついでに男の顔にあっかんべえ

　復興五輪とのたまうけれど　巷では
　何が復興五輪だふざけるな　そんな声が多いのだ

あの日から
福島はセシウムにまみれ　ひとびとは

いわれのない悪意にみちた視線にさらされ
大いなる偏見と差別にも日々さらされ
ついにはくたびれ果てた生活のなかでは
明日も　ましてあさってなど見えはしない
そのつらい心を元にもどすことこそが
復興のほんとうの願いではなかったか

けれどもそんなことはもう忘れてしまったかのようだ
かつて東京に送電した福島いまは暗く
五輪を待つ東京の電飾はあくまで明るく
黄金の島ジパングの中心で輝いている
そして音楽も明るく響く
おお　にぎやかに奏でられる狂詩曲
曲は東京ラプソディー

だがじっと耳を澄ませば
おや　北風に乗って
遥か遠くみちのくから流れてくる歌がある
（会津磐梯山は宝の山よ　笹に黄金が　えーまたー　なりさがる）
ほんらいならば陽気なはずの歌が
東京ラプソディーに気圧されて
なんだか低く陰鬱に聞こえてくるではないか
ときに経文のごとく　そして
ときに呪詛のごとく

五輪

i

ベルリンオリンピックの銀幕に
壮大なパルテノンの神殿が映る

古代ギリシャの懐かしい風景の中の
遠い遥かなオリンピアの若者たち
その若者たちの躍動的なフォルムを
走り　跳び　そして
投擲するアスリートの姿に
レニ・リーフェンシュタールは

生きいきとよみがえらせた
一九三六年　あのベルリンの
巨大なスタジアムを舞台とする
熱狂的な〈民族の祭典〉において

クーベルタンが賞賛した
ナチスの規律が際立つ大会で
得意満面のヒトラーは開会を宣言する
オリンピックが権力者の威厳を
全ドイツに
全ヨーロッパに
そして全世界に
堂々と誇示する歴史的瞬間だ

モノクロフィルムなのに
ヒトラーの顔の紅潮が感じられる
スポーツによって世界を支配する高揚感が
銀幕いっぱいにあふれているのだ

そしてヒトラーと言えば
どうしてもあの男の顔が浮かぶ
にっくきあの顔が

五輪

ii

地球の裏側　アルゼンチンから
その隣国チリの地震津波のごとく
ある日不意に流れてきたニュース
正確にはフェイク・ニュースが
わたしを驚かせた

福島の状況は統御されています
東京にはいかなる影響もありません

ＩＯＣブエノスアイレス総会での
誘致プレゼンテーションで
あの男つまりこの国の首相は
自信たっぷりに
ためらいもなく平然とそう言い放った
嘘はヒトラーのように堂々とつくのがいいらしい

（いつぞや、ナチスの手口に学んだらどうかと口を歪め
つつ持論を展開した議員がいたが、あれは確か副総理
ではなかったか。あっそう？）

かくして　東京が選ばれ
それを歓迎するマスメディア
東京の街頭でインタビューし

通行人の喜びの声を次々に伝える
インタビュアーの声も　いくぶん
喜びに弾んでいるようだった
（だがなぜか疑問と反対の声は消され）

あの時　言うまでもなく
福島の状況は統御されていなかった
（今でもそれは変わらない）
原発は放射能汚染水を垂れ流し
アウトオブコントロールの
危険な状況だった
（ほんとに未曽有《みぞう》*の危険な状況だったのだ）
それなのに偽りのプレゼンテーションで
アンダーコントロールだとされた

ああ　この首相の口を
コントロールする術はないものか

＊　未曽有は副総理の辞書では〈みぞうゆう〉と読ませるらしい。

五輪 iii

福島原発一号機が爆発するまで
福島原発の電力は
すべて東京に供給されていた
それを知らない人もいたと言うが
暗闇のような福島をしり目に
東京のネオンは明るく輝きつづける
輝きながら二〇二〇年夏のオリンピックを待つ

オリンピックの精神は

フェアプレーにあるはずだが
世界に向かって平然と嘘を垂れ流して
（垂れ流すのは放射能だけで十分！）
オリンピックを誘致するとは
フェアプレーの精神にもとること甚だしい

福島に甚大な被害を与えても
東京には影響がないから
オリンピックを誘致できると言う論理は
一体どこからやってくるのだろう
安倍一強と東京一強は
同じ力学の上に成り立つとして
その強者の論理は
倫理的には許しがたいものだ

それでも東京には磁力がある
かつてある詩人が言ったように
東京へゆくな　ふるさとを創れ
と言ったところで
人びとは東京をめざす
オリンピック工事のために
労働者も東京へ出稼ぎにゆく
賃金の高い東京へ向かう
川の流れとは逆に
賃金の低い方から
高い方へと流れてゆくのだ
震災復興が遅れるのは当然のことだよ
それなのに復興オリンピックとは笑わせる

五輪

iv

オリンピックを誘致した者たちの
暗い心性について考えていた時
もう一つ大きなニュースが伝わって来た

ＪＯＣ会長がフランスの検察当局から
贈賄容疑で捜査の対象になっています

金メダルは金では買えないが
どうやら誘致委員の票は金で買えるらしい

斡旋したコンサルタント会社は
噂も黒きブラック・タイディングズ社で
（これはほとんどブラックユーモアとでも言うべきか）
一票二千万円　十票で二億円
これでオリンピックが誘致できるなら
そして　オリンピックと言う
巨大なビジネスができるなら
なんともお安い買い物ではないか
そうした暗い心性がここでも働いている

札束で票を買いあさる
おそらくスポーツの世界からは
もっとも遠いはずの行為を
スポーツマンシップの殿堂たるべき

ＪＯＣが行ったとすれば
フェアなスポーツの精神は
いったいどこへ消え失せたのか
（ＪＯＣよ　恥を知れ
アスリートたちは怒っているぞ）

五輪

V

ＪＯＣ会長はついに辞任に追い込まれ
五輪担当大臣も失言で失脚した
ああ　五輪は五里霧中と言うべきか
それとも五輪霧中というべきか
危うし東京オリンピック！

さながらマラソンのごとく長く迷走をつづけるうちに
やがて大会のマラソン・コースは札幌に変わり
そしてついには新型ウイルスが襲って来た

星の王子さまの髪型にも似た王冠状の突起をもち
太陽の光冠をも意味するコロナの
その名を付された〈王冠《コロナ》ウイルス〉が
オリンピックを延期に追い込むことになろうとは
（やはり東京オリンピックは危うかったのだ）

弥生三月　靖国の標本木に桜が五輪咲いて
（この五輪の桜はオリンピックとは無縁の桜だ）
今年も東京の開花宣言はなされた
つづいて夏にはオリンピックの
開会宣言がなされるはずであったが

ひとまず延期にはなったものの
こんな無責任な内閣のもとで

オリンピックを歓迎し　そして
祝うべきかどうか疑問だと言う声が
今でも巷でささやかれ
ネットでつぶやかれている
ささやきとつぶやきは間違いなく
民のささやかな抵抗の徴《しるし》なのだよ

それにしても　何となく
祝うは呪うに似てないか

男は黙って

すすきのと狸小路の間の
ちょっと古びたラーメン屋で
男はいつも通り
豚骨ラーメンの
こってりとしたスープを
ひとりわびしく啜っていた

店のテレビはニュースに切り替わって
厚化粧のまるい女の顔が現れた

狸小路の狸ではなく
上野動物園のパンダの
シャンシャンを思わせる
白いふくよかな顔である

女は合意なき決定だと言って
パンダらしからぬふてくされた顔をする
オリンピックのマラソン会場の
東京から札幌への変更を
しぶしぶ受け入れはしたが
それは合意なき決定だと言う
ＩＯＣ相手の協議では
なかなか容易に
シャンシャンとはいかなかったらしい

合意なき決定とは
ブレグジットの〈合意なき離脱〉なるものを
イギリスから急遽拝借したものであろう
さすが国際派知事ではある

男はわが身を振りかえって思う
妻との離婚は
合意なき離別だったのではないかと
そしてさらに男は考える

東京オリンピックには
もともと反対ではあるが
マラソンが札幌で行われるなら

話は別かも知れないと

乾杯する相手もなく
わびしさとともに
ビールを喉に流し込みながら
男はひとりでつぶやく
つべこべ言わず
黙ってサッポロマラソンを見るべきか
それはともかく　今はとりあえず
男は黙ってサッポロビールか

国歌　ニュース映画に映る日本

君が代は千代に八千代に
さざれ石の巌となりて苔のむすまで

i

一九四三年　十月
秋雨煙る神宮外苑競技場の
出陣学徒壮行会に
二万五千の学生が集い

誇り高き学生帽は雨に濡れ
未来を担うべき学士の肩に
三八式歩兵銃ずっしりと重く
銃身もまた雨に濡れ

軍靴は軍歌に合わせて雨を撥ねつつ進む
寮で友と論じたマルクスいまは遠く
学問は遥か忘却の彼方へしりぞき

トラックを一周して整列する学徒のまえに
やがて東條首相が登場する
登壇するや　かれは
雨の中に直立する学徒に

金属的な甲高い声で叫び
国家のために散華することの
かぎりない尊さについて語る
（散華と言う言葉そのものは使わずに）

日章旗は冷たい秋雨に打たれ
国歌が厳《おごそ》かに演奏される
国歌の背後に聳えている国家
おお抑圧装置として千代に八千代に
巌のように聳える国家！

ii

ところで　二〇二一年
幸運にも五輪に選ばれた若いアスリートたちは
頬を紅潮させて行進するだろう
ところも同じ神宮外苑
真新しい国立競技場から
かれらは戦場に赴くのではない
五輪もやはり戦いの場ではあるが
スポーツの平和な戦いの場だから
若者たちはいのちを落とすことはない
相手を殺すこともない
それでも　おのれの名誉にかけて
戦うことにはなろう

表彰台に立てば演奏される国歌を

瞼に熱いものを感じながら
そして恍惚としながら
勝者は聞くであろう
勝者とともに人びとも聞くであろう
七十八年前には
その未来を奪って
若い学徒を戦場に送り出した
別れの曲であり　また
葬送の曲でもあった歌を

アスリートたちよ
悲劇にまみれた国の
悲しむべき歌の歴史を忘れるな
神宮の森に

物憂げな国歌が響くとき
アスリートたちよ
その歌のくらい歴史を忘れるな

国旗

i

わたしが小学生のころ
わが家で祝日に国旗を掲げるのは
いつもわたしの役目だった

学校の授業は休みだと言うのに
わたしは早朝に起きて
門に日の丸の旗を掲げ

役割を全うしたあとの
すがすがしい気分に浸ったものだ

そのころ国旗はわたしにとって
決して嫌悪すべきものではなく
美しく好もしいものであった

だが　美とは何であろうか

ii

小学生のわたしが
日の丸の旗を美しいと思ったことを

恥じる必要はないだろう　むろん
無知だったことを恥じる必要もあるまい
学んで無知に気づけばいいのだ
学ばぬ者がいつまでも無知なだけ
ただそれだけのことだ

iii

長じてわたしは歴史を学び
日の丸がただ美しいだけのものではないことを知った
つまりそれが天皇制軍国日本の
いまわしい象徴であったことを知ったのだ

侵略者の掲げる旗が美しいはずがあろうか
（美貌だが人を殺めた女性を　あなたは
　ただ美しいと思って見つめるだろうか）
日の丸の赤は
侵略した日本軍が銃剣で貫いた
アジアの民の胸から噴き出た
血しぶきの色そのものではあるまいか

日本に生まれて
わたしが不幸に思うのは
国旗の日の丸を美しいと思えなくなり　そして
国歌の君が代を素直に歌えないことだ

するときっとどこかから

（野球で言うならばライトの方から）
おまえは日本人かと言う声が
聞こえてきそうな気がする
日の丸に敬意を表しない者は日本人ではない
君が代を歌わない者もやはり
日本人ではないと言う声が

だが考えてみるがいい　理由なしに
自分の祖国の国旗を忌避する者
国歌を忌避する者がいるだろうか

iv

たいせつなのは忌避する者に
その訳を聞くことだ
国旗と国歌を愛せない訳を

国旗と国歌の背後には
〈法〉と暴力装置としての国家が聳えていて
国旗はわたしに首《こうべ》をたれよと言う　そして
国歌はわたしに心をこめて歌えと言う
だがわたしにそれはできない
それは愛の冷めた恋人に
いままで通り愛してくれと請うようなものだ
愛が冷めた理由を問うこともなく

わたしは密かに信じているのだ

日本に生まれながら
日の丸と君が代を愛せない者
愛さないことによって非難される者が
いつか愛国者と見なされる日が来ることを
真の愛国者と呼ばれる日が
かならず来るに違いないことを

Ⅱ

焼き場に立つ少年

ジョー・オダネルの写真に寄せて

そこには
無惨な黒焦げの死体はない
だが死者はいる
凛として立つ少年が
死んだ幼い弟を背負っているのだ

首をぐったりとのけぞらせた弟の
小さな足が少年の腕に触れて
まるで僕はまだ焼かれるのはいやだと

駄々をこねているようにも見える
死んでしまった者が
そんなことをするはずはないのだが

焼き場で
少年は背中の弟が焼かれる順番を
じっと立って待っている
おそらく父母はすでに原爆で逝き
残された弟もついに息をひきとり
真夏だというのに
少年は悲しみに凍りついた
一本の氷柱となって立っているのだ

少年は慟哭しない

下唇を血が滲むほどきつく噛み
一枚の写真に刻印されたナガサキの
嘆きと哀しみの中にいる

少年の幼い弟はこれから
焼き場の熱い灰の上に横たえられ
短いいのちを終えた人生を
あかい炎の中で焼却されるのだ

原爆で焼け死んで
あらためて　焼き場で焼かれるよりは
はじめから　焼き場で火葬されるのが
幸せなことであろうか

焼き場の写真が
人間の不幸と幸せについて
するどく語りかけてくるのに
こたえる術のないわたしは
七十余年の時をへだてて
少年とおなじように
一本の氷柱となって立ち尽くすだけだ

巡礼者　フランシスコ教皇のモノローグ

巡礼者として
平和を希求するひとりの巡礼者として
わたしはこの国にやって来た
ナガサキとヒロシマは選ばれた巡礼の地だ

ミスター・オダネルが写した一枚の写真
〈焼き場に立つ少年〉がわたしの心を動かした
見よ　廃墟のなかの火葬場の前で
悲しみをこらえるために

血が滲むほどきつく唇を噛みしめている少年を
わたしはその少年に導かれて
極東のこの国にやって来たのだ

ナガサキとヒロシマの若者たちは
わたしの言葉に真摯に耳を傾けた
それから率直に問いかけて来た
わたしはかれらと語り合った
この被爆したふたつの都市
悲しみを分かち合う二都で
核兵器のない世界と
平和の可能性について語り合った
それは未来へ語り継がれる
あたらしい二都物語となるはずのものだ

七十年間　草木も生えないと言われた被爆の地に
草木だけでなく希望も芽生えている
若者たちは希望の樹木そのものではあるまいか

この国でただひとつわたしが落胆したのは
首都でわたしを迎えた首相に
わたしの言葉が届かなかったことだ
傲慢無恥な彼が首相でいる限り
この国に明るい未来はないだろう
声に出しては言いにくいことだけれど

影

影は光より大きな力をもっている　（レオナルド・ダ・ヴィンチ）

i

誰の影かはわからない
だが　それは影であるという
ただその事実によって
わたしに鋭く問いかける

ヒロシマ　一九四五年
八月六日午前八時十五分
銀行の入り口の石段に
閃光で焼きつけられた
誰のものかわからない影
（石段に座っていたのは女性だったと言われている）
だが　それは
わたしの影であり
あなたの影であり
おそらく
われわれすべての者の
影であり得たものだ

いや　それは紛うかたなく

わたしの影であり
そして同時に
あなたの影であり
この国のすべての者の
永遠に消えることのない
無惨な影そのもののはずだ
（そうだ　あなたもわたしも同様に
　焼かれてそこに影として残ったかも知れないのだから）

原爆によって
まるで暗い狂気の時代への
終止符のように置かれたその影は
わたしのものであり　そして
あなたのものであり

ヒロシマの八月に凍りついた
すべての人びとの恐怖の影そのものだ

ii

あなたは知らないだろう
毎年　八月六日の暁闇に
原爆資料館の一隅で
影は石段からゆっくりと立ち上がる
そのとき影は
（影は最初から影だったのではない）
影となる前にそうであった
ベージュのワンピース姿の

若い女性となって
ドームに向かって歩いてゆく
彼女は立ち止まって
ドームの上空を指さす
あなたには見えるだろうか
指さすのは
ちょうどあの日
原爆が炸裂したあたりだ
それから彼女は静かにそっと呟く
（わたしを返せ　影となる前のわたしを返せ）

夏の早い夜明けがやって来ないうちに
彼女は資料館にもどって
石段にふたたび影となって横たわる

そして　開館時間前に
〈ヒロシマの影〉として世界の人びとを待つ
まるでそれが自分の責務であるかのように
それが人びとに
二度と過ちを犯させないための
たいせつな儀式であるかのように

誕生

女を孕ませて男は去り
そして二度と帰っては来なかった
男は出征したのだ
不運にも甲種合格だった

やがて女は息子を産んだ
女は戦地にいる男すなわち夫に
手紙でその誕生を知らせたが
いくら待っても夫から返事はなかった

フィリピン戦線はけっして楽観できない
そう言われても女は楽観していた
何の根拠もなく
夫はかならず生きて帰って来ると信じて
（母性とは根拠のない楽観性のことかも知れない）

やがて夫は遺髪となって帰って来た
夫は生まれた子どもの手を握ることなく
頬をつついて笑わせることもなかった
女は今さらながら
遺髪とは死んだ人の髪のことなのだと
何だか他人事のように思った

今では戦争は遠くなった
あの頃のことを語る者も少なくなった
それでもいつまでも忘れてはならないことがある
戦争は戦争未亡人を生み
戦争未亡人の子どもは哀れだということだ
父のいないこのわたしのように
夫に死なれた女が産んだこのわたしのように

父の背中

白い百合の花が一輪
重々しく散ってそれから
仏壇はもとの静寂にもどる

花が散って落ちるのを
憂いを帯びた眼差しで
じっと見つめているのは父
軍服姿の若々しい写真の父だ

わたしが生まれる前に
ルソン島マリキナの山中で
心ならずも散華した父は
ルソンでの戦死者の一人であったが
そこでの死者はヒロシマの死者の数に
ほぼ匹敵したという
するとそれは
ナガサキの死者の倍ということだ

散りゆく花になぞらえて
戦死を散華と呼ぶ
天皇制軍国日本の巧妙な言葉のレトリックを
今ならわたしも指弾できるが
ルソン島マリキナの山中で

父が花のように散ったはずはなく
戦友たちもそのように散ったはずはなかろう
だが　もはや死人に口はない

生きている父の背中を
一度も見たことのないわたしが
若々しい父の写真をみつめ
その背中を見ようとしても
当然のことだが写真に背中はなくて

写真には背中が写っていないことに
今さらながら気づき
仏間のガラス戸に映る
自分の老いの翳りにも気づく

（子は親の背中を見て育つと言うが
わたしの人生航路がしっかり定まらなかったのは
父の背中と言う羅針盤が欠けていたせいだろうか）

白い百合の花が
もう一輪ぼたりと散って
（これを散華とは呼ぶまい）
それからもとの静寂にもどった
背中のない写真の父が
さっきよりも憂いを帯びた眼差しで
老いたわたしをじっと見つめている

パラドックス

半島の緊迫したニュースが
ひとびとの表情を翳らせるとき
病室の窓から眺める雲は
墓標の形をして空に浮かび

青年はベッドの上で
筋肉の病のために
萎えて動かぬおのれの足を
絶望的にじっと見つめる

ベッドのまわりを巡る
若くて健康的な看護師たちは
いつも向日葵のように明るいが
かれの置かれた位置からは
彼女たちへの憧れは
億光年の星への思いにも似て

淡い恋心はいつともなく
おのれの足のごとく萎え
こころは絶望を否定するが
しかしやがて
否定することにも疲れ　そして

愛することと
諦めること
生きることと
死ぬことを
交互に考える
時にはやけ気味に
中途半端な平和を憎みもする

戦争になればまっさきに
戦争は嫌だと言うくせに

南京　歴史修正主義者に

〈南京〉のつく言葉を
いくつか挙げてみる
南京豆
南京虫
南京袋
南京錠
南京銭
南京軍鶏《シャモ》

中国の古都の名がついた
それらの言葉を列挙して
最後にわたしは
〈南京大虐殺〉にたどりつく

人口二十万の都市で
三十万人が虐殺されることはあり得ない
そうあなたが言うのは
おそらく正しいことだ
だがさらにあなたが
南京大虐殺そのものがなかった
と言うならあなたは正しくない
それは歴史を歪曲することだ

なにしろ白髪三千丈の国のことだ
針小棒大に誇張して
三万人を三十万人と偽った可能性はある

だがその数が三万人でも
百歩譲って三千人だとしても
人はそれを大虐殺と呼ぶのだ

ソンミの虐殺は五百人
カティンの森の虐殺は二万二千人だ
それらの虐殺をしのぐ三万人の虐殺を
大虐殺と呼ばずになんと呼ぼう
（ナチスのホロコーストには遥かに及ばないにしても）
学ぶ者と書く〈学者〉が

歴史から何も学ばないとすれば
それは学者失格というものだ

東京は日本の都市だが
南京は中国の都市だ
東の京は日本にあり
南の京は中国にある
そもそもその南京に
なぜ日本軍がいなければならなかったか
東京には中国軍はいなかったというのに

南京に日本軍が侵略しなければ
〈南京大虐殺〉は起こり得なかった
ただそれだけのことだ

もう一度言おう
三十万という数が問題なのではない
仮にその数が三千だとしても
いやたとえ三百だとしても
大虐殺であることに変わりはない

それともあなたは南京に
平和と安寧の幻を見たか
殺戮を否定する日本軍の
人間性に満ちた兵士を見たか

もしそれをあなたが見たと言うなら
あなたはそこに歴史修正主義の

みにくい誕生を見たにすぎない

カナリア

富士には月見草がよく似合う
富嶽百景で太宰治はそう言った
富士に似合うのは
花ならば月見草だとして
鳥ならばオウムだろうか
（富士山麓オウム鳴く
　$\sqrt{5}$の世界で鳴く鳥だ）

それはまあジョークとして

鳥ならばやはりカナリアだろうか
レモンカナリアなどは
月見草におとらず
富士に似合うかも知れない
（富士にカナリアが棲むとしての話だが）

そんなことを考えていたある日
ぼくはテレビのニュースで
上九一色村のサティアンを見たのだった
（かみくいしき村をジョークいっしょく村と呼ぶ者もいたらしい）
背景には雄大な富士の山
サリン製造施設サティアンを捜索する機動隊員は
小田原提灯のごとく
手にカナリアを入れた鳥籠を掲げている

毒ガスを感知する能力ゆえに
炭鉱のカナリア同様
サティアンに運びこまれたカナリアだ

ヘッドギアを付けたオウムの信者たちも画面に映る
あれが噂の洗脳装置なのだろうか
自分を見失ったかのように
とろんとした目つきの信者たちをみて
ぼくはふと古い歌を思い出した

　唄をわすれたカナリヤは
　後ろの山に棄てましょか

カナリアが歌を忘れたように

オウムの信者たちは
おのれのアイデンティティを
忘れてしまったのではあるまいか
座ったまま空中を浮遊したと喧伝する
本当は小心な俗物にすぎない
ひげの〈尊師〉に魂を奪われて
（オウム真理教に真理はあっただろうか
　それが必ず滅びるという真理の他に）

松本や地下鉄でサリンを撒いた者
（松本は松本智津夫とは縁のない街だったのに）
弁護士一家を殺害した者
上九一色村のサティアンで
決してジョーク一色ではなく

凄惨な拷問のはてに
公証役場の事務長を殺した者
おぞましい狂気の世界で
それら殺した者や殺された者が
あなたやぼくでなかったのは
幸いなことであったと
密やかに語るべきであろうか
それとも　そもそも
オウム真理教はぼくらの日常とは
交わるはずのないものだと
つまりはユークリッド的世界のことだと
言えばそれで済むことであろうか　しかし

サリンが東京に撒かれてから十六年後の

頃も同じ三月の中旬
福島にセシウムが撒き散らされた
サティアンでつくられたサリンではないが
それは国をあげてつくった原発が
広範に撒き散らした放射能だ
サリンを撒いた者が悪魔であれば
そしてヒロシマとナガサキに
原爆を投下した者も同様に
悪魔と呼ばれるのであれば
福島に放射能を撒き散らした者もまた
〈悪魔〉と呼ばずに何と呼ぼう

ああ　それにしても
安全神話が崩壊したあとでも

原発を止められないとすれば
この国の民はオウム信者と同様に
すっかり洗脳されてしまっているのではないか
装着された洗脳装置がただ目には視えないだけで

〈時代の支配的な思想はその時代の支配者の思想〉である
というのはやはり否定しがたい思想なのだろうか

オウム信者を嗤うまえに
蔑み憎むまえに
ぼくらは忘れた歌を思い出さねばならない
人間が人間らしく生きていた頃の歌を

世界をしっかりと深く考える者たち

とりわけ詩人たちは
時代のくらい坑道を進みながら
その時代のカナリアとして生きねばならない

Ⅲ

哀訴　船戸結愛《ゆあ》さんを悼む

暗い死の想念からはるか遠く
自死という言葉もむろん知らず
生きるためにただひたすら許しを請う
きみは五歳の女の子だった
(だった　という過去形で語らねばならぬ
この無念がきみに伝わるだろうか)

もうおねがい　ゆるして
ゆるしてください　おねがいします*

親に何度もなんども謝り
哀訴を繰り返しながら
いきるために言葉を紡いだ
きみは五歳の女の子だった

　あそぶってあほみたいなことやめるので
　もうぜったいやらないから　ぜったいやくそくします

五歳の子にとって　遊ぶことは
あほなことではなく意味のある大切なことだから
遊ぶなと言う親のほうがあほに決まっているが
鬼畜のような親の前でいったい
きみはどんなふうに振る舞えばよかったのだろう
（親が狂気になるとき　子供にとって親は凶器そのものだ）

もっとあしたはできるようにするから
もうおねがい　ゆるして　ゆるしてください

その切なる願いもとどかず
物は豊かだがひどく心がささくれて貧しい〈文明〉大国
いじめパワハラまかり通る弱者に無慈悲なこの国で
そのもっとも弱い者のひとりとして虐待され
あしたを待たずに短いいのちを終えた女の子よ

親に哀訴する文章をつづるべく
ひたすら平仮名を練習させられた
きみは五歳の女の子だった
(文字とは単に許しを請うための手段であろうか)

生きることが同時に深く愛されることでもあるはずの
まだ幼くて罪のない無垢な子供が
お腹がすいたとも言えず
つらいとも言えずに　ただ
お願い　許して下さいを繰り返し
繰り返しノートに記して逝った

ああ人生でもっとも屈託がなくて楽しいはずの年頃に
底知れぬ苦しみと絶望の淵に沈められた女の子よ
親に殴られ食事もろくにあたえられずにやせ衰え
寒い冬の日にベランダに放置されたきみの
小さな足はひどい霜やけだったというではないか

今は天国のどの辺を歩いているだろう
霜やけの癒えぬ小さい華奢なその足で
きみはどの辺を彷徨っているのだろう
彷徨いながら今でもまだ
許して　許して下さいを繰り返しているだろうか
可愛いさかりだった五歳の女の子
だった　と過去形で語らねばならぬ女の子よ

＊　もうおねがい　ゆるして以下、平仮名のみの文章は結愛さんが書き記したものである。

愛ふたり

銀も金も玉も何せむに勝れる宝子に及かめやも　　山上憶良

ふたりの女の子が逝った
ほぼ一年の間をおいて
その名に〈愛〉を含むふたりの女の子が逝った
ふたりの親は娘に〈愛〉の字を与えたが
親の愛を与えることはなかった
愛の代わりに与えたのは死

しかもひどく残虐な死だ

その残虐な死から立ち昇る狂気の気配
人間の貌《かお》をしながらわが子を虐待して殺す親を
動物にも劣ると言って非難する者もいる　だが

動物はわが子を慈しみ
身を挺していのちを守ろうとするではないか
動物はわが子を虐待して殺しはしない
悲しいことだがそれをするのは人間だけだ

人間としてこの世に生まれたばかりに
親に殺されてしまった結愛《ゆあ》と心愛《みあ》
五歳と十歳で逝った幼いふたりの

焼かれたやはらかい骨の上に降り積もる
空白のながいながい歳月

もしもふたりの親に動物ほどの愛があれば
ふたりは死なずにすんだであろう
凍えるような寒い日にベランダに放置されることなく
真冬に浴室で冷たいシャワーをあびせられることなく
そして　理不尽に殴打されることもなく

　結愛と心愛　その名に〈愛〉がありながら　親に愛なく死にゆくは哀し

ああ　その父母にせめて動物なみの愛さえあれば
万葉の憶良を嘆かせずにすんだものを

シーベルト

大学の数学の授業で
学生が黒板に中途半端な解答を書くと
おおこれはシューベルチックだね
と言って笑わせる教授がいた
シューベルトの未完成交響曲をもじって
解答が未完成だと言うのである
学生の間でその言葉が流行ったが
授業の帰りに仲間とよく行った名曲喫茶も
たまたま〈未完成〉と言う店だった

結婚して車を買ったころ
シートベルトの着用が義務化された
(今思えばシーベルトによく似たひびきだ
おお　ロルフ・マキシミリアン・シーベルトよ)*
子供たちが生まれたころ
チャイルドシートの着用も義務化された
着用は確かに面倒だが
ルールとなれば仕方のないことではあった

その子供たちがシートベルト不要となり
成長して学校を卒業し
社会に出てしばらくしてから
大きな地震と津波が襲って

福島の原発が爆発した　そして
安全神話なる虚構もまた吹き飛んでしまった

スリーマイルとチェルノブイリのあとで
（古くはイギリス・ウインズケールの事故も思い出されるが）
なぜ原発の技術は未熟で未完成なものだと
つまりあの数学の教授の言う
シューベルチックなものだと考えなかったか

思えばあれからぼくらは
シューベルトを聴かない日はあっても
シーベルトと言う言葉を聞かない日はない

おお　ロルフ・マキシミリアン・シーベルトよ

（あなたの名をこんなにも気安く呼ぶのを許したまえ）
ぼくらはあの日から
あなたの名を聞かない日はないのだ
この未完成なるもの
シューベルチックな原発が奏でる
不安に満ちたシンフォニーとともに

＊　ロルフ・マキシミリアン・シーベルトはスウェーデンの物理学者。被曝線量当量の単位としてシーベルトの名が用いられている。

断種

酒場の片隅でふたりの男が呑んで話していた
酒は旨いなあ　断酒なんてまっぴらだよな
そりゃそうだ　ところで酒と種で字は違うが
むかし断種手術というのがあったらしいね

そんなに遥かなむかしのことではない
人間の不幸をあらかじめ取り除くという名目で
逆に人間を不幸にした時代があった

産めよ殖やせよと叫ばれた時代のあとで

子どもを産んではならぬと言われた者たち
子どもをつくらぬこと子孫を残さぬことが
世のためだと言われた者たちがいた
産みたいという願いを断たれた者たちがいた

歴史を知る人ならおそらく
強制不妊手術という言葉を覚えていよう
誤って不治の病と見なされた者たち
精神を病んでいると見なされた者たちに
強制的になされた施術
またの名を断種という密やかな拷問

聡明な人なら疑問に思うであろう
国家の精神が病んでいるときに

個々の人間の精神が病んでいることを
国家がどうして知り得ただろうと

知り得たはずはあるまい
国家そのものが精神を病んで
泥酔したように正気を失っていたのだ
酩酊国家よ　いまからでも遅くはない
まずは断酒せよ（断種ではないぞ！）
しかる後にしっかりと目を覚ませ

高瀬舟　鷗外、安楽死を論ず

高瀬川を上下する舟を高瀬舟と言う
高瀬舟は罪人を運ぶ舟で
遠島を申し渡された罪人が
同心に護送されて乗る舟だ

同心とはいい名だと思う
罪人と同じ舟に乗って護送しながら
罪人が犯した罪を聴いてやる
そうして罪人と同じ心になれる

そんな役名だと思えるからだ

舟のなかで同心はたずねる
おまえはどんな罪を犯したのかと
男はためらわずに答える
自死し損なって苦しんでいる弟を
楽に死なせてやったのだと

男の懐には二百文の鳥目《ちょうもく》がある
人生で初めての大金だ
その二百文は高瀬川に映る男の顔に
うっすらと笑みをつくりだす
笑みは川の波間に揺れている
男は至福を感じているのだ

喉笛を剃刀で切って
それでも死にきれない弟を
死なせて楽にしてやった男
安楽死は英語ならユーサネイジャだが
その安楽死を鷗外は許さねえじゃとは言わない

弟を三途の川の渡しに乗せた男が
いま高瀬舟に乗って下って行くところだ

告知

死の種子を育てはじめ
目には見えないその種子を
体の中にかかえて生きる

それが人生なのだということに
ある日ぼくらは突然気づくだろう
種子は発芽して根を張り
茎をもち葉を茂らせて
いずれその存在を主張するのだ

病を得ながら生きてゆくためには
死の種子を育てたおのれの体を
優しく労わらねばならない
生きるとはそういうことかも知れない

とある天気晴朗な日に
医師は冷酷に　あるいは
冷静に告知するだろう

精密検査の結果
癌だと判明しました
ステージⅡです

もしかしたらという期待が
みごとに打ち砕かれ
微かな希望が一気に遠のく
だが　ぼくらはその数字を
不本意ながら受け入れねばならない

そこからぼくらの新たな人生が始まる
そうだ
人生のステージⅡが始まるのだ

心房細動

台に横たわり
頭上のモニターを見つめる
カテーテルを挿入した
自分の心臓の中を
生まれて初めて見るのである
まるで
宇宙ステーションから
懐かしい地球を眺めるように

検査のあとで
スーパーのレジが打ち出す
レシートにも似た
細長い記録用紙を眺めながら
あなたの不整脈は
正確には心房細動といいます
これは治りません
（若い女医は素気なく断言した）
その代わりに
血液さらさらの薬を服用すれば
問題はありません
（女医はこんどは笑顔で断言した）

わたしは

さっきモニターで見た
自分の心臓を思い出して考える
不整がどのようにして起こっているのか
不整とはそもそも何なのか

ホテルに泊まるような感覚で
検査入院のために病院に一泊し
眠れぬままに　さまざまな
世の不正なども考えてみた

凩と共に去りぬ

男は嵐と共にやって来た
（嵐と言ってもジャニーズの嵐ではない）
男は不況の嵐と共にやって来たのだ

男がやって来るとすぐに
はげしい解雇の嵐が吹きあれた
だが男はそれを解雇とは言わずに
余剰人員の削減と言う
言葉とは便利なものだ

（自動車メーカーは　いつごろからか
車の欠陥を不具合と呼び始めた
これも言葉のマジックであろう
なんと巧妙なトリックであろうか）

それにしても余剰とは何か
この世に余剰な人間など
もちろんいるはずもないが
余剰と宣告された労働者は
人格を否定され
人間の誇りを奪われ
妻には家計のやりくりで愚痴られ
子どもに対しては親の威厳を失い

新しい職場をもとめては撥ねつけられ

男が会社再建の光ならば
解雇された労働者は
その光の外側にひろがる闇だ
その闇の深さを誰が知ろう

嵐と共にやって来た男はやがて
私腹を肥やした疑いがもたれ
瞬く間に逆風が吹き荒れた
そしてついに
男は風と共に去った
Gone With the Wind

ゴーン　凪と共に去りぬ
（それにしても　箱に入って去るとはなあ）

あとがき

　これは私の第五詩集で、オリンピックが主たるテーマであるが、他にいくつかの社会的なテーマの詩も含まれている。

　一九六四年の東京オリンピックは日本国民の多くが熱烈に歓迎した大会であった。だが二〇二〇年の大会はどうだろうか。少なくとも私は歓迎していない。私の周りの人びとも、どうやら冷めた目で眺めているように見える。福島の放射能は誰が見てもコントロールされてはいないのに、この国の首相はそれをコントロールされている（アンダー・コントロール）と偽り、世界をあざむいて誘致した大会だからであろう。

　スポーツを、とりわけオリンピックを権力の誇示と維持のために利用したのはアドルフ・ヒトラーであったが、わが国の首相も同じことを企んでいるのは明白であろう。森友・加計問題から桜を見る会その他にいたる様々な問題やスキャンダルを、オリンピックの成功によって隠蔽し、政権を維持できればこんなに好都合なことはないのである。
したがって、メディアと一体で政権が盛り上げようと必死なオリンピック・ムードに浮かれている訳にはいかない。云々を「でんでん」と読み、「募ったけれど、募集はしていない」と平然と答えるような、日本語のレベルが中学生以下である首相の目論見に惑わされてはならないのである。
私はこの首相を〈裸の王様〉だと考えているが、アンデルセンの物語中の子供に倣って、首相は裸だと叫んでみたらどうか。忖度の必要などあるまい。かつてこの首相は街頭演説で「こんな人たちに負ける訳にはいかない」と絶叫して物議を醸したが、私たちは「こんな首相に負ける訳にはいかない」と、きっぱりと答えを返すべきではあるまいか。詩人ならば、鋭い匕首のような詩で答えを返すべきだろうと思う。

この詩集の上梓にあたっては、社主の高木祐子様に大変お世話になりました。心より感謝申しあげます。ありがとうございました。

二〇二〇年三月　仙台にて

斎藤紘二

著者略歴

斎藤紘二（さいとう・ひろじ）

一九四三年　樺太に生まれ、秋田県横手市で育つ
　　　　　　東北大学法学部卒業
二〇〇六年　詩集『直立歩行』（思潮社）第四〇回小熊秀雄賞受賞
二〇〇九年　詩集『二都物語』（思潮社）
二〇一一年　詩集『海の記憶』（思潮社）
二〇一三年　詩集『挽歌、海に流れて』（思潮社）

日本現代詩人会、　宮城県詩人会会員

現住所　〒九八二―〇二一二　宮城県仙台市太白区太白三―九―十一
E-mail saito-3210@ac.auone-net.jp

詩集 東京《とうきょう》ラプソディー

発行 二〇二〇年六月三十日

著者 斎藤紘二

装丁 森本良成

発行者 高木祐子

発行所 土曜美術社出版販売
〒162-0813 東京都新宿区東五軒町三—一〇
電話 〇三—五二二九—〇七三〇
FAX 〇三—五二二九—〇七三二
振替 〇〇一六〇—九—七五六九〇九

印刷・製本 モリモト印刷

ISBN978-4-8120-2565-9 C0092